AF300476

DE L'INSTITUTION

D'UN PRINCE

AU DIX-NEUVIÈME SIÈCLE.

Par le Colonel D'ASSIGNY,

CHEVALIER DE L'ORDRE ROYAL ET MILITAIRE DE ST.-LOUIS,
ANCIEN MINISTRE DE FRANCE EN BAVIÈRE.

Sursum corda.

A PARIS,

CHEZ L. G. MICHAUD, LIBRAIRE-ÉDITEUR,
RUE DES BONS-ENFANTS, N°. 34.

1818.

De l'Imprimerie d'Anth^e. BOUCHER, Successeur de L. G. Michaud,
rue des Bons-Enfants, N°. 34.

AVERTISSEMENT.

Cet Écrit, extrait d'un ouvrage plus étendu sur l'Éducation nationale, est une colombe envoyée à la découverte : puisse-t-elle revenir avec le rameau vert ! Je n'ose l'espérer.

DE L'INSTITUTION

D'UN PRINCE,

AU DIX-NEUVIÈME SIÈCLE.

PREMIÈRE PARTIE.

Élever un homme, instituer un enfant pour le trône, quelle effrayante, mais quelle noble tâche !..... Essayons de nous rassurer.

Si la goutte perce le plus dur rocher; si, sans autre maître que le temps, les nations les plus sauvages se polissent et s'éclairent; si les animaux les plus fougueux se domptent; si l'on force le sol le plus ingrat à se couvrir de fleurs et de fruits qu'une culture amoureuse embellit et améliore encore.... Comment se ferait-il que cet être, si intelligent, qu'un geste lui commande, et si sensible, qu'un accent le persuade, qu'un mot (1) enfin l'arrête ou l'enflamme?.....

Comment se ferait-il que l'homme fût le seul de la création qui résistât à l'empire d'une culture appropriée à sa nature individuelle? Les faits déposent qu'il ne lui résiste pas.

La nature qui rarement se recherche dans la formation des individus, les soumet cependant aux qualités générales de l'espèce qui en est le moule, qu'elle affectionne et maintient toujours pur, par des soins dont elle paraît se relâcher pour les empreintes périssables.

---

(1) Le mot *hombre*, homme, a un sens plein de grandeur et d'élévation en *espagnol*. C'est aussi le mot du plus vif reproche à qui se compromet ou se dégrade. *Hombre !* lui dit un Castillan, d'un accent qui ne se peut rendre ; et ce mot dit tout.

Loin de s'astreindre, pour elles, à une identité monotone, on dirait qu'elle se plaît à varier, pour chaque individu, les doses de vie, d'esprit et de sentiment qui le différencient et le distinguent, dès l'enfance, par plus ou moins de perfectibilité.

Ainsi que les monstres en sont les écarts, les êtres de la belle nature en sont la recherche : que de nuances entre ces deux extrêmes! C'est entre ces limites que, plus ou moins aveugle, l'homme divague aux routes d'un bonheur imaginaire, ou d'un mieux qui le fuit. Mais que de rivalités, que de chocs s'établissent au labyrinthe de tant de divagations....! De-là, les bons et les méchants, qui ne sont, en résultat, que des hommes bien ou mal élevés, bien ou mal gouvernés.

Arrêtons ces généralités, mais concluons que puisque la nature veut l'espèce, l'individu naît avec des dispositions favorables à sa permanence, à sa conservation.

L'homme si faible, n'est jamais plus fort que

quand il prie ou qu'il implore ; sa force est dans sa bonté ; elle seule fait le ciment de l'union qui invente, améliore, embellit. Les méchants ne s'unissent que pour perdre et détruire ; le bruit qu'ils font en impose sur leur nombre ; mais les progrès de la société attestent qu'elle les domine et les surmonte.

Pour nous, qu'il nous suffise que l'homme soit né bon, perfectible, pour nous livrer avec espoir de succès à seconder la nature par tous les moyens de l'esprit et du sentiment.

Principes généraux. — Deux principes gouvernent le monde, la crainte et l'amour. L'habileté est donc de savoir les appliquer.

Pour nous, qui penchons vers le principe de l'amour, nous dirons avec le poëte :

> Qu'un esprit noble et sublime
> Nourri de gloire et d'estime,
> Sent redoubler ses chaleurs ;
> Comme une tige élevée,
> D'une onde pure abreuvée,
> Voit multiplier ses fleurs.

C'est dans ces beaux vers si justement célèbres ,
que nous puiserons le ressort d'une noble et vi-
goureuse institution ; au moins vaut - il de le
tenter.

Commencez de haut : car il se pourrait que la Précautions.
nature eût doué votre élève au-delà de vos forces ,
et qu'au lieu d'en provoquer l'essor, vous en-
courussiez le malheur de le rabattre à votre ni-
veau. Que de gouverneurs à la remorque de leur
élève ! sans oser se le dire , et lâches assez pour
l'accuser..... Il est toujours temps de baisser de
ton , mais gardez-vous d'un meurtre.

Tous ces enfants qui s'élèvent seuls , ont tous
forcé la main. Tel fut ce duc de Bourgogne , si
célèbre dans les fastes de l'éducation.

C'était un aigle que l'on traita long-temps en
enfant haïssable et désespérant pour ses révoltes
et ses sarcasmes ; humiliant ses maîtres , qu'il dé-
solait par sa sagacité. Si l'on parvint à le rendre à
sa destination , à en faire un homme pour commander à d'autres hommes, ce ne fut qu'après
avoir remarqué qu'il s'irritait de ses fautes, qu'il

s'en irritait jusqu'à la fureur, jusqu'au transport... Gardez-vous donc de faire un meurtre.

Observez Auguste : il savait qu'un grand pouvoir ne se maintient que par les qualités qui y élèvent, et que nul autre ne pouvait montrer à ses neveux, comme eût dit Tacite, *les arcanes de la domination*, que celui qui faisait aimer la sienne, à des hommes déchus, mais fiers, et toujours prêts à conspirer.

Au défaut d'enfants, il éleva ses petits - fils, comme autant d'appuis de son trône, sans qu'aucun pût s'en croire l'héritier ; les disposant à obéir comme à commander : et c'est ainsi qu'il contint ce Tibère, que la fortune couronna pour le malheur des hommes, et contre le vœu de son cœur. Auguste avait toutefois accompli l'œuvre de la sagesse, rarement heureuse, mais toujours ferme.

Tel fut cependant le pouvoir de cette éducation que Tibère en fut jaloux, les ennemis de Rome consternés, et qu'Horace, qui la chanta, ne fut jamais mieux inspiré.

Sensere (dit Horace) *quid mens rite, quid indoles*
Nutrita faustis sub penetralibus
Posset, quid Augusti paternus
In pueros, animus, Nerones.

. . . .

Fortes creantur fortibus.

Oui, la force, seule, peut créer la force; à l'ame forte, seule, appartient de faire de fortes et de durables empreintes.

Si un grand acteur a dit, dans l'enthousiasme de son art, qu'il faudrait que les comédiens, qui ne sont après tout que les singes de la grandeur, fussent élevés sur les genoux des Reines; par qui et sur quels genoux seront donc élevés ceux qui doivent en exercer le plein pouvoir?

J'y ai pensé; j'ai vu que l'amour seul du beau pouvait soutenir une ame naturellement belle, à la hauteur de pareilles fonctions. De l'amour du beau.

L'amour du beau n'est que l'amour du bon, puisqu'il n'est que le bon dans toute sa généralité, sa beauté. L'ame possédée de l'amour du beau, peut seule avoir ce tact souverain qui met tout à sa place et fait tout à propos ; et si gouverner un enfant, c'est couver une ame pour la faire éclore à terme et à point, la façonner, la diriger et en décider l'essor ; si la nature lui a donné des ailes, qui mieux qu'une ame éprise du beau et affinée par le temps et les événements, saura saisir, en tout, cet à-propos qui seul assure le succès ?

De l'à-propos. Première condition d'habileté. Vous brûlez, vous êtes incendié de l'amour du Prince, de l'amour du devoir, l'enfance vous charme ; un tendre et doux penchant vous porte vers votre élève... Que de richesses ! mais n'en usez qu'à doses progressives, et avec cet à-propos dont on a fait un Dieu.

Mais supposons ce choix fait, et voyons-le agir.

Doué de cette vie de l'ame qui anime tout, vivifie tout, mais calme et serein, et tout près d'être aimable, le gouverneur apparaît à son élève comme un homme sage et réfléchi... et

à-la-fois simple et doux... Après une courte en-
trevue , où des regards caressants ont adouci
l'autorité de l'âge, il disparaît pour reparaître à
travers l'abandon et la joie d'amusements qu'il
aura disposés de manière à leur laisser toute leur
franchise.

C'est par cette marche répétée, mais inaper-
çue, qu'il habitue son élève à le voir, et lui ôte
peu à peu cette crainte que sa présence inspire à
sa faiblesse.

Mais c'est un homme, c'est un Roi que vous
prétendez former ; commencez donc par en assurer la base, en assurer la vie ; dans quelque intention que vous éleviez un homme, faites que
le corps aide à l'ame, et ne la retarde pas ; que
même il la provoque. Qui n'a pas cette surabon-
dance de vie qui pousse à l'action, ne fera jamais
rien de grand ni d'utile.

L'action! l'action!... Qui agit est maître. L'activité est la royale qualité de l'homme ; portez-y
donc l'enfant royal. Que ses premiers jeux soient
le prélude de ses exercices. Graduez les uns et

les autres dans le but de le rendre sain, agile et fort, ce qui suppose une nourriture appropriée; mais n'y souffrez rien de niais, de trivial, ni de bas; point de ces tours de force ou d'adresse, aussi dangereux que dérogeants.

Assaisonnez ses jeux de gaîté, de grâce et d'esprit; variez ses exercices; rendez-les de plus en plus violents, et quelquefois périlleux (bien entendu que le péril ne sera qu'apparent), et c'est ainsi que le corps et l'ame s'exercent à-la-fois.

Je ne détaillerai ni les exercices, ni les jeux; mais je veux que s'ils fatiguent, ils n'affaissent jamais. L'homme excédé n'est plus un homme; et ne faut-il pas que sa virilité se fasse sentir en toute occasion? L'animal harassé se retire à la solitude; mais en est-il pour un Roi? et le dé-goût ne suit-il pas l'excès?

Mais n'oublions pas que si la force du corps est la sauve-garde de la vie, la force de l'ame en est la gloire et l'ornement. A qui doit obéir, il suffit d'une ame saine dans un corps sain. Mais, pour qui vivre, c'est commander, c'est une ame forte qu'il lui faut... Gardez-vous donc d'exercer le corps aux dépens de l'esprit.

A prendre cette maxime comme on nous la donne, on dirait que l'homme naît au gré de nos vœux; mais que de mécomptes à cet égard: la nature le jette faible et nu sur la terre; sa naissance a plus l'air d'un naufrage que d'un heureux avènement; c'est enfin comme elle l'a pu faire qu'elle nous le donne, et qu'il faut s'en contenter.

Oui, qui agit est maître; l'action du corps bien réglée y suffirait; mais animée du feu de l'ame, elle emporte tout. Eloge de l'action.

Qui dit feu, dit chaleur et lumière; c'est de l'ardeur du cœur et des éclairs de l'esprit que se font les miracles en ce monde; à force d'ame on évoquerait un mort. La France va le révéler ce secret de l'amour.

Vincet amor patriæ, omnia vincit amor.

C'est ici qu'il faut un homme consommé, et surtout bien pénétré que l'ame est tout; que c'est l'ame et non l'esprit qui gouverne; que c'est elle qui choisit; et que l'habileté qui la singe, ne peut jamais l'imiter. On est habile par ses talents; on n'est grand que par son ame. De grands talents ne font pas un grand homme; comment feraient-ils un grand Roi?

Si l'ame est tout, c'est à la rendre grande et forte que le gouverneur doit s'appliquer; c'est là sa part, qu'il ne doit jamais engager.

Que d'autres exercent le corps, que d'autres cultivent l'esprit, il lui suffit de s'y connaître, il lui suffit d'y présider.

C'est donc de l'ame de son élève que désormais le gouverneur va s'occuper, avec cet amour d'instinct pour la jeunesse, qui ne peut se feindre, qui ne peut s'imiter, et que rien ne peut suppléer.

Institution de l'ame.

Veut-on hâter le développement d'un germe, on le place sur un foyer de chaleur; placez un enfant sur votre cœur, c'est là sa couche, si vous l'aimez à la manière d'un père qui veut sa gloire et son bonheur.

Aimez donc, et commencez, mais simplement. La simplicité est flexible, se prête à tout; elle sait éluder; elle sait aussi résoudre; un air caressant n'y peut nuire; si vous avancez peu, vous ne gâtez rien; faites parler votre élève, en posant si bien des questions simples et progressives, qu'il ne puisse répondre que juste et en peu de mots; ainsi que faisait Socrate au temps qu'il faisait accoucher les esprits.

Sondez-le dans ses promenades, et voyez si l'éclat des fleurs, si celui d'un beau jour, si un brillant soleil, le flattent, le touchent, et s'il s'ébranle pour admirer; mais n'arrachez pas une plante pour la lui faire détailler... Je m'explique.

Nous ne pouvons pas tout : il faut donc se restreindre. L'homme, placé entre deux infinis, ne peut y prendre que sa direction; mais sans nous attrister du court espace qu'il y parcourt, affirmons que si les grandes pensées viennent du cœur, c'est plus d'un cœur élevé vers le ciel, que d'un cœur penché vers la terre.

Qu'il assiége plutôt le ciel de ses regards, dût-il d'abord n'y rien comprendre, que d'apprendre ce qu'il doit ignorer; il y gagne au moins l'attitude d'un Roi.

Qui gouverne généralise; qu'il apprenne donc à généraliser. Cet instinct d'admiration vague, au spectacle de la nature, avant de se connaître, et sans pouvoir s'en rassasier, est une de ces dispositions royales qui annoncent une ame capable de fermenter un jour, et de se résoudre tout entière, en esprit et en sentiment.

C'est le germe de cet esprit religieux, sans lequel point de religion, mais aussi point d'avenir; et s'il en faut au moins l'espoir, pour lier le ciel à la terre, et soulever les plus hautes puissances de l'ame, comme les plus douces espérances, empressons-nous de cultiver dans l'enfant royal, ce germe de son bonheur et de celui de son peuple.

Il faut un avenir à l'homme, il lui en faut,

quoi qu'on en dise; un trône ne remplit pas un Roi, et c'est parce qu'il y sent un vide qu'il s'y tourmente, ou qu'il s'y endort.

Il faut un avenir à la gloire ainsi qu'à la misère, à la souffrance comme au bonheur.

Mais qu'est-ce qu'un avenir ? Qu'un abîme de doutes, qu'un mot vide de sens, si la religion ne lui en donne en remplissant le cœur de l'homme d'une espérance qui assouvisse son desir.

C'est ici le feu caché sous la cendre, gardons-nous d'y appuyer; nous dirons cependant avec la loi, que tous les cultes qui professent un Dieu, doivent être protégés, et d'autant mieux que le Dieu d'une nation dans sa maturité n'est plus le Dieu de sa jeunesse.

Barbare, quand l'homme était barbare, c'était un Dieu colère, qui ne s'appaisait souvent que par des victimes humaines. Les mœurs s'adoucissent-elles, il s'adoucit, et ce n'est plus qu'un Dieu de bonté, qui se contente d'un cœur contrit. Le temps amène enfin que le vrai Dieu est le Dieu qui pardonne.

Telle est et sera toujours la marche de l'homme dans le temps; c'est le plus beau fruit de sa raison perfectionnée, comme le signe le plus sensible de sa perfectibilité!

Vous voulez élever l'ame de votre élève, et lui donner une direction vers le beau; allez aux sources; présentez-le aux grandes scènes de la nature, où tout est grand, où tout est beau.

Quoi de beau en effet, comme ce miracle de tous les jours, ce passage du néant à l'être, la plus belle scène, à mon avis.

Présentez-y l'enfant Roi à ce moment qu'il est nuit encore; bientôt à la plus faible lueur, l'horzion sort du néant... L'aurore le dessine et le colore... Et le soleil qui s'élance, l'anime et l'embellit.

Oh!.. est le cri intérieur de tous les êtres; osez l'achever, sage gouverneur; osez dire avec transport... *Oh! que tes œuvres sont belles. Grand Dieu, quels sont tes bienfaits!*

Tout ici doit être solennel; variez la scène et la leçon; mais faites, par la force de votre ame,

que votre élève jette des flammes et laisse couler
des pleurs; c'est alors qu'il peut apprendre, pour
ne l'oublier jamais, qu'un Roi doit régner sur
la terre, comme le soleil règne dans les cieux...
par la gloire et par les bienfaits... Toute gloire
est une.

Il est superflu de dire que de pareilles leçons
ne se donnent avec succès que par un gouverneur déjà bien haut dans l'esprit de son élève.
C'est donc à s'y établir jusqu'à en être vénéré,
qu'il doit s'appliquer; mais, hélas! l'application
n'y peut rien; tout doit couler de source; il faut
être vénérable pour être vénéré; c'est de quoi se
compose le pouvoir de l'à-propos, et pourquoi
on en a fait un Dieu.

Variez, je le répète, la scène et la leçon. Passez
d'une grande scène de la nature à une belle
scène de l'art; ébloui du soleil, allez voir Apollon, et ne vous lassez pas de l'admirer. L'art n'a
rien fait d'aussi beau.... Mais avant que votre
élève puisse s'élever jusqu'à la hauteur de ce
chef-d'œuvre, mettez-le souvent en présence,

2

et laissez agir le charme du modèle sur l'instinct imitatif de l'enfant; aidez à l'influence, et
vous tarderez peu à voir l'enfant se dessiner
comme Apollon, et s'efforcer de s'en donner
l'air noble.

Mais quand l'âge et vos leçons lui auront
donné le sentiment de tout ce que ce marbre
inspire, c'est alors que vous pourrez lui faire
comprendre ce grand pouvoir des airs de tête,
des attitudes et des formes, que l'artiste a si
profondément senti, qu'il a dépassé toute beauté
humaine et qu'il a fait un Dieu.... N'oubliez pas
ce front qui rassure les bons, cette bouche qui repousse le méchant par le dédain, et ce bras qui
le punit. Ensemble divin! qui vous donne, à-la-
fois, des leçons de sublime et de goût, de force
et de majesté; qui vous grandit plus on le contemple, et vous embellirait si on pouvait toujours l'admirer.

Incursion. Mais si la nature ne consentit point à vos gran-
deurs, si elle refusa de vous organiser dans les
vues du sort qui décida votre naissance, affaissés

sous le poids de vos dignités, vous donnerez le spectacle déplorable, de la vanité qui tente tout, et de l'incapacité qui ne peut rien. Mais s'il passe vos forces de faire briller les éclairs d'une haute intelligence, d'en imposer par l'ascendant d'un grand caractère, imprimez du moins à vos corps cette autorité qui ne peut émaner de vos ames; rehaussez-les d'une contenance ferme et noble, austère ou grave; ayez présents sans cesse ces Periclès, ces Catons, presque immobiles et les mains dans leur manteau, en imposant plus par la gravité de leur maintien, la pression de leurs regards et la rigidité de leurs traits, que par la force de leurs discours.

Aidez encore votre faiblesse du voile impénétrable d'un silence profond; faites fermenter au loin les esprits et les cœurs; égarez-les, lassez-les dans des labyrinthes de doutes et de conjectures; vous régnerez au moins par la crainte et l'attente; et si le philosophe vous échappe, isolé, peu nombreux, n'en redoutez rien, le peuple est à vos pieds, et l'opinion avec lui.

Infidèles à cette philosophie fondée sur la nature de l'homme, vous avez vu les plus grands
talents proscrits ou méconnus, les plus grands
cœurs dédaignés; Labienus préféré à César;
César assassiné par sa clémence; Henri IV,
par son adorable bonhomie; Alexandre, tout
rayonnant de gloire, mais ravalé en mendiant
par sa vanité, contenir à peine ses phalanges
mutinées, et ne les fixer que par le plus sublime et le dernier déploiement de l'ame la
plus grande et la plus haute, forcé enfin de sur-
passer la nature humaine pour ne l'avoir pas
connue.

Apprenez qu'il faut être aussi élevé que le soleil, aussi hors d'atteinte, pour accabler impu-
nément les hommes de bienfaits.

Assis au rang suprême, on est assez bienfai-
sant, assez bon, quand on est juste.

La bonté tend à tout relâcher, et la clémence
elle-même n'est le plus souvent qu'une injustice;
la justice..... contient tout, etc.

Qu'on me passe cette incursion; elle ne peut

déplaire dans le sujet qui nous occupe. Une contenance noble, du silence et de la gravité,
ébahiront toujours les sots, inquiéteront l'homme
de sens et surprendront l'homme d'esprit.

Mais j'entends ce reproche, que je m'élève
trop dans cet écrit, que mes préceptes com-
posent une théorie trop tendue, et que je m'en-
roue pour forcer la voix. Qu'y faire, si j'écris de
bonne foi? et que répondre à qui n'a pas toujours présent à l'esprit, que ce sont les enfants
des Rois que j'institue pour le bonheur des
hommes.

C'est à la théorie à montrer le but, à la pratique
d'y atteindre, autant que le permet l'obstacle
inhérent à toute entreprise; comme ici, où l'élève
est la donnée de la nature contre laquelle on ne
peut réclamer, et où il ne reste que le choix du
gouverneur.... Choisissez donc un sage, plein de
lumières et d'ame, et abandonnez-vous à ses
inspirations.

L'air et les manières d'un siècle ne sont pas
celles d'un autre siècle. Les grands hommes de

la ligue se dessinaient autrement que les agi-
tateurs de la fronde, et l'immobilité d'un souverain de la Chine n'en ferait qu'une pagode en
France; cherchons donc les formes assorties au
cours des lumières et des mœurs.

Mais comme une belle tête n'est jamais plus
belle que nue et sans ornements, le plus bel air
de tête est celui que donne une ame belle : ayez
l'ame d'Apollon, vous en aurez l'air sublime,
si vous n'en avez pas la beauté. Ayez l'ame et les
qualités d'un Roi, vous en aurez le port et l'assurance, l'accueil et le commandement.... Ins-
pirez donc à votre élève ces vertus d'où déri-
veront ses mœurs, ces qualités d'où ressortiront
ses manières.

Mais tempérez la majesté du Roi par la bonté
de l'homme-roi; et soyez Roi, comme était
Reine cette femme à qui rien de l'humanité et
de ses misères n'était étranger ; aimez, com-
patissez, secourez les infortunes particulières,
comme vous remédiez aux maux de l'Etat.

Tout a ses nuançes et ses convenances; un Roi

n'est pas au conseil comme au cabinet, au cabinet comme en famille; Henri IV, se roulant sur un tapis pêle-mêle avec ses enfants, ne déroge en rien ni du grand roi, ni du grand homme; il était sûr de s'en relever de toute sa hauteur; un Roi de ce calibre anoblit tout.

En attendant de lui ressembler, ne déposez jamais l'air noble; c'est l'auréole de la belle nature; c'est une gloire environnante et sympathique et l'orgueil de nos ames; c'est encore un de ces je ne sais quoi vainqueurs, aussi difficiles à définir qu'il est pénible de s'en défendre.

Terminons ces préceptes de l'institution de l'ame par celui qui lui donne la trempe et toute sa valeur, je veux dire le mépris de la mort, sans lequel il n'est ni grand homme, ni grand roi; disposition d'une ame haute, qui, tout en s'indignant de mourir, s'abandonne au destin, comme l'innocence à son bourreau.

La nature y a pourvu pour ses braves, par le courage de tempérament. Tout ce qu'elle a donc de force, craint peu la mort ou n'y pense pas.

Il est même tel excès de vie, que l'homme n'y a
de repos qu'en la prodiguant. Mais c'est en pensant à la mort, en la fixant, qu'il ne faut pas la
craindre et savoir la braver pour la patrie et
pour la gloire, comme un généreux soldat; la
gloire, cette dernière passion du sage !

Des hommes célèbres ont accusé la peur de la
mort de tous les maux de la vie; je suis bien
près de les en croire; toujours est-il certain que
la peur de la mort empêche de goûter la vie,
tandis qu'il serait de la plus haute sagesse de la
goûter jusqu'à la mort, et bien avant dans la
mort, comme le veut Montaigne.

Quoi qu'il en soit, dès que l'élève sort de l'enfance, hâtez-vous de jeter, comme en vous
jouant, quelques mots sur cette inévitable con-
séquence de la vie ; revenez-y sans cesse, et ren-
forcez toujours plus l'expression; vous finirez,
si son organisation s'y prête, par faire du mépris de la mort, le plus habituel comme le plus
profond sentiment de votre généreux élève.

Cependant ne nous reposons pas entièrement

sur les ressources de l'art (je veux dire le ressort de l'honneur et les leçons de la sagesse) pour fonder le courage d'esprit, provoquons sans cesse cette ardeur de vie qui s'irrite et s'enflamme à la vue du danger; voilà l'or natif qu'il faut savoir tirer de la mine à la manière des Grecs et des Romains, par des exercices fréquents et variés joints à la tempérance en tout, qui n'est plus ici vertu monacale, mais du plus haut commandement.

Concluons donc que le courage du guerrier philosophe, est celui du grand Roi.

Joignez-y cette concentration silencieuse de l'ame qui en exalte les puissances et en renforce tous les produits, tel que Pythagore (qui y avait bien pensé) l'exigeait de ses adeptes........ Mais nous voici aux confins des systèmes et de l'idéal..... Sachons nous arrêter.

FIN DE LA PREMIÈRE PARTIE.

SECONDE PARTIE.

DE L'INSTRUCTION.

Princes nés pour commander aux hommes, apprenez à leur commander.

Les lumières d'un siècle ne se forment que des lumières réunies des peuples. Mais plus les siècles et les peuples s'éclairent, plus l'art de gouverner se complique et nécessite des Princes instruits, et d'autant mieux instruits que leurs conseils, plus corrompus, tendent plus à les égarer.

Les progrès des arts dans toutes les branches du gouvernement veulent, à la guerre comme au cabinet, qu'un Prince puisse soutenir une application prolongée ; mais si pour n'avoir pas été plié au travail, le travail lui est pénible, gouverner se réduit insensiblement à des signatures que la griffe sait encore abréger ; et comme il faut faire quelque chose, et qu'on ne fait plus que de ces choses qui dissipent toujours plus, les affaires se prennent en haine et la représentation en dégoût ; le trône n'est bientôt plus qu'un lit de repos, où le Monarque, qui s'y endort, provoque au tocsin qui le réveille..... Il y a vingt ans que ces lignes eussent passé pour un rêve, mais il n'est plus permis d'en douter.

L'Europe se dégoûte des Rois fainéants : le souffle de la vie qui s'y infuse, *meus agitat molem*, agite ses peuples et ses Rois ; les peuples redoublent de travail et d'industrie ; les Rois s'instruisent et s'arment pour les diriger et les défendre ; malheur à l'indolent sur le trône, la force des choses l'en fera descendre.

Instruisez-vous donc, Princes, dont le bonheur repose sur la prospérité de vos peuples ; apprenez à la provoquer, à l'assurer !

Si l'instruction n'est qu'une culture intelligente et graduelle des facultés de l'entendement, une sorte d'aliment intellectuel qui le développe en l'ornant, observez que, des trois facultés qui le constituent, la mémoire est la première en activité; l'imagination suit, et la raison encore bien faible, quand le cœur s'anime, n'a de vraie force que quand le cœur se tait.

Si c'est la marche de la nature, c'est aussi celle de l'instruction. Ce n'est pas, j'en conviens, et ce ne peut-être la marche des lycées; mais, écartant toute discussion, et ne marchant que le flambeau de l'expérience à la main, affirmons que, jusqu'à dix ans, la mémoire est la seule faculté dans l'enfant qui se manifeste d'une manière distincte, et qui puisse porter des fleurs en attendant les fruits. Toutes ces lueurs d'esprit ou d'imagination dont vous émerveillent les enfants précoces, sont plus à redouter qu'à desirer; l'esprit qui devance le corps, est sans base, ou n'en a qu'une incertaine; l'enfant s'hébête ou reste délicat.

Evitons ce danger en n'exerçant d'abord que le corps et la mémoire; le corps, par des jeux toujours plus ressemblants à des exercices, la mémoire, par un choix bien fait de ce qu'on y veut déposer.

Mais, de même que l'on varie les exercices et les jeux pour exercer le corps dans toutes sortes de positions et d'attitudes, afin d'en fortifier le tout et les parties ; cultiver la mémoire n'est pas simplement faire apprendre des morceaux choisis de prose et de vers.... A la mémoire des mots, ajoutez celle des intonations, des inflexions et des accents ; et comme les livres n'en peuvent connaître, prononcez bien devant l'enfant ce que vous voulez qu'il apprenne, et faites-le répéter jusqu'à ce que l'imitation soit complète. Passez de là aux intonations, aux inflexions, et terminez par l'accent ; bien entendu qu'il partira de sa mémoire et non pas de son cœur. Cultiver la mémoire, et comment.

Obstinez-vous : l'art de bien lire, plus difficile et plus rare que celui d'écrire ou peindre, demande que l'on procède lentement, qu'on se répète ; car c'est de lui que découle cette belle prononciation si décevante et si flatteuse que l'on De l'art de lire.

remarque dans les cours, et que n'ont plus les académiciens d'aujourd'hui.

L'art de bien prononcer favorise celui de bien s'énoncer ; il en est le matériel inséparable. Quel écrit résisterait à un débit vicieux! Quelle troupe résisterait à un beau commandement! Si l'on est donc forcé de reconnaître une sorte d'empire à une belle prononciation, hâtez-vous d'en douer votre élève par les moyens indiqués.

Géographie. De sept à dix ans, c'est aussi l'âge de la géographie, de celle qu'on enseigne (un globe terrestre à la main) à un enfant armé d'un style dont il suit la leçon ; le succès, de cette manière, est rapide et durable. Ajoutez-y, comme avances sur l'histoire, les grandes époques et leurs dates, **Chronologie.** et vous aurez, à peu de frais, un petit chronologiste qui, à l'âge où l'imagination s'éveille, vous remercîra d'avoir placé l'épine au temps où il ne pouvait la sentir.

Des langues étrangères. Je me tais des langues étrangères (ici... l'italienne et l'allemande), c'est aux nourrices à les commencer, aux valets-de-chambre à poursuivre,

autrement point de succès et du temps perdu...
Nous ne pouvons pas tout; c'est même une ques-
tion si la langue de Virgile et d'Horace doit. entrer dans le plan d'une éducation royale. Le goût
réclamera sans doute contre l'austérité, qui n'en
permet l'étude qu'à la mémoire la plus heureuse,
et par la méthode la plus facile; mais le goût doit-
il être le seul entendu?

Si cet esprit de conduite et d'affaires qui crée
les grandes et les petites fortunes, et les maintient
par l'ordre et le travail, est le plus desirable dans
un Roi; les connaissances qui le développent et
l'inspirent ne sont-elles pas au premier rang de
celles que l'enfant royal doit acquérir?.. C'est ici
que les sciences élèvent la voix; et comme, encore Dessciences.
une fois, nous ne pouvons pas tout, ménageons
le temps et les forces de notre élève; et le traitant
comme s'il avait à faire sa fortune ou à la réparer,
armons-le de toutes sortes de capacités, contre
toutes sortes d'événements. Les langues! C'est le
cri de la foule. Quoi cependant de plus inepte aux
affaires qu'un polyglotte, qui n'a d'instinct que

pour les mots! Cette facilité pour les langues qu'admirent tant les sots, n'est au fond qu'un brevet d'ignorance et d'incapacité.

Objet de la première instruction. Le grand objet de la première instruction est moins d'instruire que d'assouplir l'esprit, de l'attirer, de le plier au travail. Si vous parvenez à lui en faire un besoin, l'avenir est sauvé.

Piquez, éveillez donc la curiosité du jeune élève, et dirigez-le vers des connaissances qui puissent retentir sur sa vie entière, et qui, bien présentées, satisfassent son goût et captivent son attention; plongez-le dans un travail réel; point de divagation, tant qu'il est dans le recueillement d'une occupation qui lui plaît; mais tendez et détendez le ressort avec prudence, pour ne pas fatiguer l'organe et le maintenir élastique et sain.

S'il est donc une étude qui soit la base des arts de la guerre et de la paix, et mette en action simultanée les trois facultés de l'entendement, n'hésitez plus, arrêtez-y votre choix.

Géométrie. Par ses procédés, ses figures, la géométrie

exerce à-la-fois le jugement, la mémoire et l'imagination; sa marche du simple au composé en fait l'aliment de tous les âges et la portée de tous les esprits.

On peut, avec toute sorte d'enfants de dix à treize ans, en commencer les éléments, et, par eux, sonder leur Minerve; ce qui n'empêchera pas les faibles de continuer l'étude des lettres françaises, tandis que les plus forts y joindront celle du latin.

C'est à cette époque que le respect, sans bassesse, qui doit entourer l'enfant royal dans ses exercices et dans ses jeux, tourne au profit de son instruction. Ce qu'il a de sérieux dans ses formes et dans son langage, favorise ce recueillement inséparable d'études bien faites et bien dirigées.

Cette observation nous conduit à remarquer la force de l'influence qu'exercent, sur un enfant, l'air et les manières des personnes qui l'entourent.

Réflexions.

Ut ridentibus arrident, ita et flentibus
Adflent humani vultus ,

a dit Horace, et vous dit la nature.

N'ayez, pour le servir, que de ces personnes à figure bonne et sage ; de ces visages recueillis et contents, assez affectionnés pour être tristes quand il fait mal, épanouïs et sereins quand il fait bien ; personnages muets, mais éloquents et qui portent au bien, parce qu'ils sont gens de bien.

Toujours sur cette base de sagesse et d'honneur, faudrait-il encore que ses maîtres de toute espèce, bien que par des moyens divers, eussent ce don d'instituer et d'instruire à-la-fois par leur manière de procéder dans l'instruction.

Ce n'est pas seulement la danse, ce ne sont pas les seules mathématiques que savent montrer un entendu et un noble maître de danse et de mathématiques ; le sens moral affecte toutes les professions, tous les états ; l'honnête homme ne se retiendra jamais d'improuver ce qui est mal ;

affectionné à son devoir, à son élève, il trouve, dans la chaleur de son affection, de ces mots qui portent, et font rougir ou rêver...... C'est d'ex- périence que j'écris.

Que conclure?... Que toute éducation dépend du choix des instruments qui y concourent, sauf l'obstacle qu'on ne peut écarter, l'obstacle de la nature qui en modifie le succès.

Mais quand chaque jour de l'éducation du Prince s'écoulera entre une double haie de gens de cœur et d'honneur, et que chacun, d'après ses fonctions, lui aura imprimé la sagesse ou l'audace, la noblesse ou la grâce, et tous, la force et la bonté, qu'agenouillé chaque jour devant Dieu, il aura, chaque jour, exhalé ses actes de reconnaissance, de respect et d'amour ; qu'il sentira autour de lui tout brûler pour la gloire et pour la vertu, et qu'il ne passera d'une main à l'autre qu'à travers les redoublements du zèle, sans opposants ni corrupteurs. Si vous ne chan- gez pas la nature, au moins s'épurera-t-elle à ces flammes et sous ces coups redoublés ?

A retenir.

Cette manière d'incendier l'homme pour s'en rendre maître, en usage dans toutes les sectes, manque rarement son but, et, par-là, commande toute notre attention. Instituez, enseignez l'enfant royal avec l'ardeur dont on catéchise un néophite, et vous aurez le même succès. C'est la langueur qui tue tout ; c'est l'intrigue qui bouleverse tout.

Si le chef, en effet, se sent mal affermi, ce qu'il reconnaît à l'insolence qui le brave, plus il a de zèle, plus il se trouble ; dans l'impuissance de donner plus, pour avoir tout donné, il perd l'espoir du succès, et, avec lui, cet esprit de vie dont il animait tout.

Ce n'est plus de savoir si le premier homme qui pensa fut un animal dépravé, mais si, pour régner, il faut apprendre à penser.

Travail réel sur un objet de choix.

Si j'impose à l'enfant royal, plus qu'à tout autre, un travail réel sur un objet de choix, c'est, je le répète, que le but de la première instruction est moins d'instruire que d'assouplir l'organe, et de l'amener à concentrer son action ;

rien de mieux, pour y conduire, qu'une étude
dont l'objet sensible occupe et repose tour-à-tour
l'esprit, les sens et l'imagination. Mais gardez-
vous de faire de la science un hochet dont il se
joue; tout ce qui de l'enfance n'aura pu se fixer,
ne pensera plus que d'occasion, et restera inca-
pable de poursuivre une affaire, ou de combiner
un plan.

Pour donner à la science tout l'attrait de l'utile
et du vrai, et engager toujours plus l'élève à y
pénétrer, hâtez-vous de transporter du papier
sur le terrain les vérités qu'il y aura reconnues ;
mais comme on ne peut partager ni mesurer des
terrains sans calcul, l'arithmétique vient secou-
rir l'élève au moment du besoin ; ce qui l'engage
à des efforts qui le délassent d'une étude trop
soutenue de la géométrie.

Toutefois n'oublions pas que c'est l'âge de dix
à treize ans que nous instruisons, et qu'il faut
graduer l'aliment à proportion des forces qui
doivent le digérer.

Donné d'abord sous forme sensible, on l'en-

dégage peu à peu, à mesure des intervalles d'idées que l'élève apprend à franchir, et c'est ainsi que vous parvenez à le familiariser avec les procédés de l'esprit pur.

Comment instruire. Quittez souvent le ton enseignant. Causez avec votre élève, mais circonscrivez son babil. Lorsqu'à treize ans, il aura bien su les figures semblables, montrez-lui en perspective les grandes applications de son petit savoir aux arts de la guerre; que la digression soit vive et courte, et frappez fort; le champ est vaste; mais n'espérez rien, à cet âge, d'un enseignement sans chaleur; que chaque leçon soit vive, animée; qu'elles se succèdent et se pressent comme ces gouttes qui viennent à bout du rocher; la chaleur qui résout l'ignorance, est dans la persévérance de la leçon.

Insistez jusqu'à ce que l'élève ait acquis la conscience de la vérité; ce qui se reconnaît à la justesse de ses réponses et à la joie de son esprit; s'il ajoute au tableau que vous lui faites, c'est que son imagination en est saisie; comptez alors sur sa mémoire, elle ne perdra rien d'un semblable enseignement.

Dans cet écrit tout en principes, il faut savoir encore les ordonner et bien reconnaître que le succès n'est pas ici, comme en éducation vulgaire, de faire amas de connaissances, laissant au temps à les filtrer.

Ce n'est ni un homme de genre, ni un savant qu'il faut faire, mais c'est Achille qu'il faut armer pour sa défense, d'un vif et rapide sentiment du vrai.

Le cœur et l'esprit d'un Prince, comme deux pierres de touche, doivent préjuger, pressentir les hommes et les choses au simple tact ; et c'est ainsi que les aversions d'un cœur droit, comme les dissentiments d'un esprit clair, sont deux instincts qui le sauvent des méchants et des folles entreprises.

Tout en généralités, l'esprit du Prince dégénère dès qu'il se particularise ; que d'autres excellent dans les sciences et dans les arts, il lui suffit d'exceller dans l'art de pénétrer les hommes et de s'en faire obéir.

C'est aux talents qui l'entourent à lui ébaucher le matériel du commandement; à lui, de résoudre et de faire exécuter.

L'esprit dans lequel on doit instruire un Prince, une fois bien saisi, poursuivons le cours de son enseignement.

Examen. Si de dix à treize ans, il a pu concevoir et retenir les éléments de la géométrie pratique, s'il s'est plu aux applications qu'il en a vu faire et que, lui-même, il en a faites; s'il a de justes notions de la phrase française; s'il sait la décomposer en ses éléments, et que, par la méthode de Dumarsais, il puisse traduire quelques morceaux de choix de Virgile et d'Horace, les dire de mémoire avec quelque sentiment de leurs beautés; et qu'à l'examen que vous en faites, il imprime cet air de Prince, de la jeunesse, qui vous dérobe l'écolier, poursuivez le cours d'un aussi heureux enseignement.

De treize à seize ans, le sang s'enrichit, il s'échauffe, le desir s'élance, des images errent au cerveau, la pensée commence à s'en revêtir; c'est l'aurore de l'imagination, et le moment de

(41)

la contenir et de la diriger. C'est aussi le moment
de donner aux études une direction nouvelle, un
aliment nouveau.

Simples et sans couleur, les compositions
françaises de notre élève n'ont affecté jusqu'ici
qu'un style pur, sans inversions et sans mouvement. Les métaphores et les ellipses vont désormais couler de sa plume, avec d'autant plus
d''abondance et de facilité que sa mémoire aura
plus retenu, que son imagination sera plus fé-
conde et plus vive, et que son goût sera moins
développé.

Nouvelle direction à donner aux études.

Laissez – lui d'abord jeter tout son feu, et
même excitez-le par des lectures très soignées
que vous lui ferez faire à haute-voix, de ces des-
criptions dont les poètes ont orné leurs écrits ;
sondez sa sensibilité par l'intérêt que vous lui
verrez prendre aux héros des compositions épi-
ques, c'est le moment de lire Homère dans cette
traduction d'un goût si pur, et d'un charme si
parfait.

Observez le plaisir qu'il y prendra ; pressez ou

retenez, en raison de la langueur ou de l'ardeur que vous lui connaîtrez, vous observant vous-même pour ne pas vous laisser séduire par des succès, s'il en obtient, au fond plus brillants que solides. Mais s'il s'anime en lisant, s'il s'enivre de ses lectures, et vous en parle avec feu, tout en l'observant, saisissez l'occasion de lui apprendre à se comparer avec lui-même en différentes situations, à démêler ses mouvements intérieurs, à remarquer leurs signes sensibles. D'où vient tant de calme avec Euler, tant de chaleur avec Homère, et cependant du plaisir avec tous les deux... Quel plus vaste champ d'instruction !

C'est ainsi qu'en lui apprenant à s'observer, à se sonder, on le met sur la voie de cet esprit d'observation, de ce talent de pénétrer les hommes, le plus précieux pour un Roi.

Je sens toute la délicatesse d'une pareille instruction à un âge si tendre, et toute l'habileté qu'elle requiert; mais le filet d'eau qui fait la source d'un courant n'a besoin que d'un pli du sol pour y établir sa pente et sa direction; formez le pli, persévérez comme le temps, et vous creuserez le canal, qui n'est ici que l'habitude.

C'est le bénéfice de vieillir, que d'apprécier la force du temps, avec qui tout compose, et sans qui rien ne se fait. Toutes ces éducations trop rapides, par la faiblesse des pères et l'impatience des enfants, ne peuvent former des habitudes ; et s'il est vrai que la nature n'est que l'habitude, ou l'habitude une seconde nature, quelle faute que de précipiter l'éducation d'un enfant !

Les mathématiques appliquées à la tactique, à l'artillerie et à la fortification ; des notions de la sphère, et quelques vies de Plutarque, seront le contre-poids de Virgile et d'Homère ; mais ne vous effrayez pas de tout cet appareil scientifique.

De l'habileté, et trois années ; les trois années de treize à seize ans, vous donnent le temps de résoudre en notions claires et distinctes tout ce qu'un Prince en doit savoir à son âge. La difficulté n'est que d'en asseoir les bases dans l'esprit et dans la mémoire, de manière à pouvoir aller plus avant, quand les temps en seront arrivés.

Si j'oppose les sciences aux lettres pour en balancer les effets, c'est pour en connaître le charme et le danger; c'est qu'un Prince, étant la raison publique, ne doit user des lettres que comme d'un sel qui l'assaisonne, ou d'une grâce qui l'embellit.

Instruire et instituer. Donnez un corps à vos leçons, qu'elles fassent image; le raisonnement fuit, l'image reste et les rappelle au besoin. Mais voulez-vous les graver pour la vie, appelez l'objet à votre secours, donnez sur les hauts lieux des leçons de sphère, d'artillerie dans un parc, de tactique dans un camp; le temps pourra les affaiblir, jamais les effacer.

J'ai donné le ciel à admirer à mon élève dès ses plus jeunes ans, pour le porter à ce qui est grand, à ce qui est beau; déjà il pressent la magnificence du monde qu'il habite, et comme il a idée des nombres, je lui agrandis l'univers par toutes les analogies de la science et les conjectures de la philosophie; je le plonge dans cette immensité, je l'en tourmente, je l'y noie si son cœur se gonfle de son rang : mais s'il s'en joue, et que son imagination perce et s'élance au-delà de tous les nombres conjecturés par les philosophes, je reconnais une ame forte, et je lui donne l'aliment des forts.

C'est ainsi qu'en instruisant on institue, et qu'en fouillant la mine, et la retournant en tous sens, on en découvre la richesse ou la pauvreté.

Mais le sentiment se déclare, une lueur de raison s'annonce; voici le moment des choses fortes. *Facere et pati fortia.* C'est aussi le moment de verser la plénitude de l'instruction.

De seize à dix-huit ans, tout tend au développement, tout fermente dans le jeune élève, l'esprit, le cœur et les sens, d'où naît une sorte d'ivresse indocile, qui le rend âpre à la leçon; mais Dieu, l'honneur et la gloire, font le calme de ce temps d'orage, si d'enfance il s'incline à leur nom.

ÉPOQUE

DE SEIZE A DIX-HUIT ANS.

J'HÉSITAIS de poursuivre cette époque. Une circonstance imprévue m'en donne la confiance, je reprends la plume.

Généralités. Il faut que l'innocent périsse, s'il n'est secouru ; son innocence, loin de le défendre, n'est qu'un attrait pour l'opprimer ; mais si, défendu par la morale et par la loi, l'homme de bien n'en court pas moins cette redoutable chance, quand il s'obstine dans son devoir, sans égard aux pervers.... que deviendrait un Roi, si, laissant ce qui se fait, pour ne s'attacher qu'à ce qui doit se faire, il se contentait de s'en indigner.... Il périrait.

L'homme gravite sur l'homme, les Rois sur

les Rois ; tout est opprimé s'il n'opprime ; et telle est la force d'oppression dans ce monde, que, qui se réduit à s'en défendre, se réduit à la condition d'une proie dont le sort est d'être dévorée.

La vraie défensive est offensive au besoin ; mettez-vous donc en pouvoir d'offenser. C'est vainement que la victoire vous élève aux nues, sur des trophées amoncelés ; la gloire du passé n'est pas la sûreté de l'avenir ; elle est dans cette épée qui vous y appuie, et qui ne doit jamais vous quitter.

Le recours d'un Roi est à ses armes, toujours menaçantes ; l'homme n'aime qu'à sa fantaisie, mais il craint autant qu'on veut qu'il craigne. Un Prince sage modérera la crainte, mais il ne comptera que sur elle pour ne dépendre que de lui.

C'est à présent que revenant sur cette époque de seize à dix-huit ans, je vais légitimer ce que j'en ai dit, que c'était l'époque des choses fortes et de la plénitude de l'instruction.

Mon élève n'est point venu à seize ans sans avoir senti son importance et s'être ébloui de son rang. J'ai dû contenir, diriger ses passions naissantes ; mais je n'ai pu les empêcher de naître ; et quoi qu'on fasse, tout le pousse à l'orgueil au-delà de ce qu'on en peut réprimer. L'art est de l'ennoblir cet orgueil et de le sanctifier, si je puis m'exprimer ainsi, pour le salut des peuples, en lui donnant la gloire pour but et la vertu pour aliment

Mais, qui dit vertu dit force, et qui dit force dit courage et persévérance. C'est de l'ardeur de ces vertus figurées par la moelle du lion, que Chiron nourrissait Achille (d'autres disent qu'aussi habile à négocier qu'à combattre, Chiron désignait la force et la loi).

Quoi qu'il en soit, c'est de ces bases que nous partons pour compléter l'éducation du Prince, en commençant à l'initier, par l'esprit, aux mystères du trône et à la hauteur du commandement ; et pour favoriser cet essor, nous déploierons sous ses yeux tous les arts de la

guerre en action réelle ou supposée, le faisant
entrer dans tous les détails de cette adminis-
tration active et sage qui leur donne le mouvement et la vie.

L'art de la guerre est l'art des Rois ; c'est l'art
que doit approfondir votre élève ; qu'il voye
comment une armée sort du sein de la terre, et
qu'il honore les travaux qui la donnent. Si les
villes en fabriquent l'équipement et les armes,
ce sont encore les campagnes qui la nourrissent,
et seules produisent ces vigoureux soldats capables de résister aux marches , à l'intem-
périe des saisons, et façonnés, de main de
maître, à la plus passive obéissance ; et c'est
ainsi qu'il apprendra à voir dans les labou-
reurs la prospérité, l'abondance et la sûreté de
son état.

Mais pour lui rendre cette vérité palpable, et
l'initier à-la-fois dans les principes de toute ad-
ministration, je veux qu'il entre dans les travaux et les calculs d'une ferme ; qu'il s'intéresse à
sa prospérité ; qu'il y apprenne combien la mo-

Art
de la guerre.

Adminis-
tration.

ralité de l'homme y influe sur le bon état des choses; combien la tempérance, combien le calme et la sagesse, combien le bon emploi du temps, et surtout combien l'art de commander l'ouvrage assurent l'économie dans la dépense, et l'augmentation dans le produit.

C'est en pénétrant au fond d'une exploitation rurale que son cœur s'y engagera et viendra à s'y intéresser au sort du cultivateur, à s'associer à ses jouissances comme à ses peines; je veux enfin que du palais à la cabane, du bœuf de charrue au cheval de bataille, il se connaisse à tout; et quand, à l'instar de ces souverains de la Chine, il apprendrait à labourer, il labourerait en effet, où en serait l'inconvénient? Plus il se rapprochera de l'homme, plus il en sera le bon et digne prince; qu'il marie les filles de son fermier; qu'il aille à leurs noces, au baptême de leurs enfants, et suive, si ce malheur arrive, leur vieux père au tombeau. Que de sentiments, que d'idées n'acquerra-t-il pas par de semblables leçons!

Mais c'est ce soldat mutilé, qui n'a d'asile que l'Hôtel, qui est digne de tout son intérêt comme il est digne de tous soins; commandé par un illustre émérite et servi par des hommes de miséricorde, la patrie et son Roi y assurent son repos. Je l'y conduis, laissant à tant d'objets éloquents le soin de lui parler leur langage ; et comme il a un cœur, je l'abandonne à ses inspirations.

Le Prince a lu les vies de Plutarque. Nous y joindrons celles des grands hommes modernes ; et plus tard, celles de Louis XI, de Ferdinand IV, dit le Catholique, et de Philippe II ; ce choix dit assez dans quelle intention ; il en fera des extraits de mémoire, et nous soignerons ce travail avec une scrupuleuse attention, tant pour le style que pour le fond des choses. Ces extraits, faits de mémoire, auront l'avantage de nous faire pénétrer au fond de son ame, de fouiller dans tous les replis de son esprit et de son cœur. Qu'il sache manier la plume et la parole ; qu'il apprenne à souffrir ; qu'il souffre ; c'est à quoi nous allons l'exercer.

Des lectures à voix haute ont formé son organe et lui ont donné cette prononciation franche et libre que l'on remarque au barreau; j'en exclus le théâtre qui exagère, et la chaire trop pathétique, trop plaintive.

Lire et réciter à haute voix, ouvrent depuis long-temps les exercices du jour ; depuis ce temps, il écrit de bout et ne s'assied que de lassitude.

Tous ces préalables établis, c'est le moment de donner à ses compositions des directions et des motifs qui leur impriment ce caractère d'abondance et de verve que leur refusait une imagination stérile, dénuée du ressort des passions, et isolée de tout intérêt.

Un cœur passionné voit un autre univers
Que celui qui n'est pas sensible (*a dit le poète*).

Épreuves. Nous allons donc l'intéresser en l'attaquant,

comme à la guerre, vivement et par son côté faible. Il faut que l'art le rudoie, cet enfant gâté de la fortune, pour le rapprocher des hommes et lui apprendre à compatir. Qui n'aura pas souffert, ne sera jamais qu'un enfant. C'est l'injustice et la fourbe des hommes qui nous mettent hors de page; c'est de la peine, hélas! que ressort le plaisir.

Je supposerai donc, sans plus de réflexions, qu'il me parvient une plainte, sur ce qu'à la dernière chasse le Prince a mal mené un garde qui l'avait égaré. La plainte est par écrit; je veux qu'il se disculpe par écrit. Je sais d'avance qu'il y a méprise, et que c'est un de ses compagnons qui a maltraité le garde qui l'avait égaré par mon ordre; je sais que le Prince lui a reproché sa violence, et qu'il doit être bouleversé de voir que c'est lui qu'on accuse.

Il m'apporte sa justification; j'y lis les révoltes et les bonds de son cœur, mais aussi sa magnanimité. Il se défend sans accuser, ce qui met de la gêne et du louche dans sa défense; je lui en fais

la remarque; il en convient, et il est le premier
à demander que le garde comparaisse; et c'est
ainsi que j'engage l'action.

Je préviens le Prince de ne. pas intimider le
garde; mais de lui parler avec calme et bonté,
autant pour sa gloire que pour mettre le garde
à l'aise, et provoquer ces *veræ voces* de Lucrèce,
dont nous avons tant parlé !

D'un autre côté, le garde qui est un homme à
moi, résolu et bien au fait de son rôle, entre d'un
air respectueux et tranquille. Le Prince assis, je
demande ce qui s'est passé : le garde répète sa
plainte, et ajoute qu'il a eu l'honneur d'être ca-
rabinier, et qu'il s'en souviendra toujours, dût-
il tomber dans la misère..... A ce mot de misère, le Prince se lève tout ému; vous n'y tom-
berez jamais tant que je vivrai, lui dit-il; mais
comment se peut-il faire que vous vous plaigniez
de moi...? Vous m'avez pris pour un autre; dites
quel habit j'avais ? Monseigneur, vous aviez un
habit gris..... (en effet, il était vêtu de gris ce
jour-là). Mais enfin, que vous ai-je fait ? Vous

(55)

m'avez menacé de votre cravache. — Moi! moi!
—Oui, Monseigneur.—Cela est faux! (avec em-
portement.) Le garde se tait et se retire.

Restés seuls : Eh bien! Prince, vous l'avez
observé cet air tranquille; vous les avez entendus,
ce langage simple, ce ton de vérité, ces vraies
voix..... Il est désespéré, et dans la révolte de son
cœur, il m'attaque, il s'indigne de me voir in-
certain entre le garde et lui; que cependant je
dois le connaître, et mieux savoir qu'un autre
qu'il se serait accusé le premier, s'il eût fait la
faute qui lui est reprochée.... Il devient rapide,
éloquent; je l'écoute en silence, et je lui dis froi-
dement que le temps découvrira la vérité....
Oui, oui, il la découvrira, dit-il avec transport,
et nous nous séparons.

Mais je n'ai pas fait quelques pas que je me
retourne, et que, du ton le plus froid, je lui dis :
Comment avez-vous pu tenter la véracité du garde
par l'assurance que, tant que vous vivrez, il ne
doit pas craindre de tomber dans la misère....?
A ces mots, sa tête se penche sur son cœur

comme pour le prendre à témoin de l'injustice.
Il sort dans la plus vive agitation..... Je le suis.

Je ne pousserai pas plus loin ce détail ; tout
doit être sommaire dans cet écrit. Je dirai cependant que si le nœud de ce petit drame était dans
la conduite que tiendrait le vrai coupable, le dé-
noûment tenait à son aveu.

Toute l'habileté dans cette affaire est de savoir varier, graduer, prolonger la souffrance du
Prince à ce point, qu'il souffre sans s'aigrir, mais
cependant jusqu'à sentir ce que c'est que la ca-
lomnie qui attaque un homme d'honneur, et que
c'est véritablement sans emphase que *Sénèque*
a pu dire que la terre n'a rien de beau à présenter
au ciel, comme l'homme de bien aux prises avec
l'injustice et l'infortune.

C'est par de semblables secousses dont il faut,
sans donner atteinte à la dignité de son caractère,
savoir diriger les traits que l'on met une jeune
ame à nu, et qu'à plaisir on la contemple dans
le jeu de ses mouvements les plus intimes, d'où
l'on peut à coup sûr en pronostiquer l'avenir.

Tout cela, néanmoins, ne serait que fausse sagesse, si j'avais pu faner une rose de son printemps ; mais ce qu'un orage est dans la nature, cette crise l'a été pour son ame ; elle en a ravivé la flamme ; et, fier de son triomphe, il reprend ses exercices et ses jeux, et s'y prononce avec plus d'ardeur que jamais.

Je les choisis vifs et gais, comme la chasse et la pêche, la course et la lutte, pour lui rendre cette fleur de vie qu'il aurait pu perdre ; je les anime de défis, de paris ; je suis le premier à la joie ; je bois à la jeunesse, à l'amabilité, aux grâces, à la santé du Prince, à celle de ses compagnons, à sa victoire.... On le couronne, et tout finit par des couplets à la gloire et au plaisir.

Quelquefois je le perds dans les bois ; il y passe des nuits noires, mourant de soif, mourant de faim ; une autre fois, c'est aux souterrains de l'Observatoire que je l'égare, et que je lui fais aborder la terreur, jusqu'à sentir ses cheveux se dresser sur sa tête ; bien entendu que le

hasard qui semble avoir tout fait, n'a fait que ce
que j'ai voulu.

Facere et pati fortia. Feignant d'être las de notre vie uniforme, je
lui propose un jour, pour la varier, de nous
abandonner quelque temps à la Providence ;
d'aller à travers champs, sans provisions ni mon-
tures, cherchant les gués, nous interdisant les
ponts, passant les rivières à la nage... Il y consent ; nous partons.

Le premier jour nous ne trouvons pas de gîte,
partant point de lit. Le second, nous sommes
sans pain ; le jour d'après, on nous insulte, et
ce n'est qu'avec peine que nous repoussons l'in-
jure et que nous obtenons justice. Le lendemain,
c'est un enfant qui se noie, qu'il faut sauver ; là,
un danger qu'il faut braver. Nous arrivons enfin
le cinquième jour, las et recrus, non sans avoir
fait preuve de courage, fait de bonnes connaissances et répandu quelques bienfaits.... Ce n'a
donc pas été la peine inutile.

Le juge-de-paix, qui d'abord nous avait fait
bonne guerre, et à qui, en sortant, je me suis

découvert à l'insu du Prince, s'est trouvé un homme de lettres distingué. Il nous avait jugé dans le débat, et en homme qui n'aime pas les trésors enfouïs, il a imaginé de faire par la voie des journaux un récit piquant de nos aventures.

Le journal arrive ; je le donne à lire au Prince à haute voix, par forme d'exercice ; tout-à-coup il s'arrête, il rougit, il me tend la feuille... Inquiet, je lis bas ; et après avoir lu, Prince, lui dis-je, voici le premier coup de trompette de la Renommée ; il est pour vous, faites-y attention ; gardez le journal, nous en causerons... Huit jours se passent sans que je lui en parle, mais non pas sans qu'il relise en secret l'article où il est si honorablement traité.

Cependant tout s'empresse et redouble de respect autour de lui ; tous les visages brillent de joie, charmés de son courage et de son humanité ; on vient de Paris et des villages pour le voir ; les enfants lui baisent les mains pour avoir sauvé un enfant ; les louanges les plus délicates lui sont données par les journaux, toutefois avec mesure, et en ont par-là plus de prix. Il savoure en silence les délices de l'amour et de l'estime publique ; et quand cette averse d'éloges et de bénédictions est un peu calmée, j'arrive à mon tour pour causer avec lui.

Je l'aborde d'un air attendri, ravi moi-même du succès de mes soins. Eh bien, Prince, qu'en dit votre cœur ? Ah ! Monsieur, quelles délices ! C'est tous les plaisirs à la fois. Que je vous dois de me les avoir fait connaître ! Combien ne suis-je pas heureux de pouvoir un jour... Ah ! si jamais... Il se détourne pour me dérober son émotion... Je l'enveloppe de mes bras, et le pressant contre mon cœur... Ah ! Prince, je suis le premier des heureux que vous ferez.

Mais rien de pur en ce monde ; trop d'encens lui a porté à la tête : je vois percer des germes de suffisance ; je l'ai surpris se pavanant avec ses compagnons du succès de sa course ; je m'en plains en homme alarmé ; il s'en défend ; j'insiste peu ; mais, pour réplique, je lui donne à lire le

(61)

Voyage de Christophe Colomb, allant à la découverte du Nouveau-Monde; il le dévore, et me
le rend tout confus de sa vanité.

Cette leçon a l'avantage de proportionner le Remède.
remède au mal, de lui relever l'ame que la vanité
allait dégrader, et d'agrandir sa tête par le spectacle de la plus grande époque (1492) de l'histoire des hommes.

Dans ce vaisseau, plus agité par les passions
que par les flots, la vertu d'un seul homme y
triomphe de tous les vices conjurés; j'en fais le
texte de mes plus hautes leçons; je lui montre
Colomb supérieur à tous les dangers, surmon-
tant tous les obstacles, et succombant comme
un enfant sous les traits de la plus noire ca-
lomnie, et l'infamie de la plus lâche politique.

Je m'y arrête, pour lui faire comprendre que
le génie et la vertu, toujours en minorité sur la
terre, y sont continuellement en danger; et
comme ils blessent sans le savoir, on les pour-
suit à leur insu; et voilà comme toujours sans
défiance, et toujours moquée, persécutée, la

vertu toute nue est tôt ou tard suppliciée, assas-
sinée.

Les Rois n'ont pas un meilleur sort. Si le génie et la vertu blessent et offusquent, le pouvoir
est un maître que le cœur repousse et ne reçoit
que de la nécessité. Mais vient-il à tomber en de
trop faibles mains, cette même nécessité le re-
jette, et brise l'idole qui ne répond plus à ses
vœux... Plaignons les Rois, c'est pour eux et
contre eux que se font les grands efforts et les
grands crimes.

Cependant ce vaisseau, voguant à l'aventure,
pour tout autre que pour Colomb, assiège mon
jeune élève; sans cesse il y revient et sans cesse
il m'en parle; il lui rappelle ce courage effronté
de l'homme qui, le premier, osa, sur un frêle
esquif, braver les tempêtes et les flots. Il me
presse de relire avec lui l'ode d'Horace au vaisseau qui portait Virgile, et de lui en développer
les beautés.

Je profite de cette ardeur pour lui donner
l'aliment des forts; et, remontant à la source de

ce grand événement, je la lui montre dans un homme affamé de gloire et de savoir, et fortement convaincu.

Je lui fais voir qu'il est des hommes dont la sagacité, animée de l'ardeur de connaître, leur donne une intelligence des choses aussi distincte que l'évidence des sens; qui voyent enfin des yeux de l'esprit, comme nous voyons des yeux du corps; que si la passion y accède, et que fortement organisés, le cœur et la tête soient de trempe à perpétuer une impression, il en dérive de ces miracles, comme nous en admirons.

Je les lui montre ces hommes puissants en œuvre, si obsédés par leur génie, qu'il semble, à leur simplicité, que quelque chose est en eux qui n'est pas eux, et qui opère tout ce qu'on admire.

L'erreur est de cette facilité avec laquelle ils manient et résolvent les difficultés, surmontent ou renversent les obstacles par des moyens refusés à notre faiblesse, et dont la source leur est inconnue. L'un croit à sa fortune, un autre à son démon familier... Mais tout l'enchantement est dans une organisation harmonique et forte, comme la magie d'Armide était dans sa beauté.

Si mon élève n'est pas d'âge encore à saisir cet enchaînement de vérités, il sait assez de cosmographie pour s'émerveiller de cette éclipse que Colomb sut prédire, pour avoir su la calculer. Il me conjure, il n'a de cesse que je ne lui aie enseigné comment on calcule une éclipse, ses phases et sa durée; j'en profite pour l'arracher à l'argile de cette terre, et le lancer dans l'infini de l'espace et du temps.

Déjà il ne la voit cette terre où il doit régner, que comme un point emporté dans l'immensité, roulant sur lui-même, et circulant autour d'un centre qui le subjugue et le limite en ses écarts; et c'est ainsi qu'en le plaçant au point de vue des anges, je fais tomber la taie de ses yeux mortels, et lui apprends à apprécier au prix du vrai, le néant des choses, afin que plus grand que sa fortune, il la dompte ou s'en passe.

J'entends les murmures de la tourbe en écrivant ceci ; à quoi sert à un prince de savoir calculer une éclipse ? A cela je réponds, que l'art de former les esprits tient à celui d'en observer les pentes et les tendances. L'esprit a ses passions comme le cœur, et d'autant plus vives qu'il a plus de vigueur et d'étoffe. C'est à les seconder, si elles sont louables, à les traverser, si elles sont déréglées, que doit s'étudier la sagesse qui le gouverne ; et si apprendre n'est que se ressouvenir, comme depuis Socrate il y a lieu de le penser, c'est à le mettre sur la voie que consiste l'art si renommé d'accoucher les esprits.

Consultez d'abord le desir, éveillez-le, sachez encore l'éprouver ; mais s'il est vif et persévérant, respectez-le ; offrez à l'esprit d'un enfant, comme Ulysse à Achille, différents objets de desir, et croyez que le cœur consent en secret au desir qui aura su le fixer. Il est entre le cœur et l'esprit des sympathies que l'on ne peut avouer ni rejeter, mais que l'on sent devoir concourir à l'harmonie d'un tout aussi parfaitement organisé.

A quoi sert de savoir calculer une éclipse? A admirer dans sa gloire la sagacité de l'esprit de l'homme, à acérer dans mon élève l'instrument de toute connaissance... Que dire de plus à celui que l'ignorance aveugle, et qui ne sait pas même de quoi s'enquérir.

Dans le principe, je n'ai eu pour but que d'étouffer un germe de vanité, qu'à regret je voyais poindre dans l'esprit du Prince; mais ce voyage de Colomb, qui l'incendie, m'invite à suivre le mouvement que j'ai provoqué.

Marine. Impatient de voir la mer, de voir un port et des vaisseaux, il part pour Brest à franc-étrier; je le suis en voiture.

Arrivés, et à peine reposés, je l'embarque de nuit dans un vaisseau pavoisé de fête. Nous poussons au large, jusqu'à ne plus voir que la mer et le ciel; mais c'est à son réveil, c'est au lever du soleil que je l'ajourne.

Notre convention dans le voyage a été de parler peu et d'écouter beaucoup, d'écouter en silence tout ce que saura nous dire un monde aussi nouveau. Tout en effet a son langage pour qui sait le comprendre ; c'est donc à l'écouter (si je puis m'exprimer ainsi) que nous nous sommes préparés. Combien ne diffèrent pas en effet les impressions d'un bocage animé du chant des oiseaux, de celles d'une mer agitée par les vents et sillonnée par la foudre.

Le Prince se réveille bien avant le jour ; il admire sur le pont cette voûte parsemée d'étoiles ; il s'y trouve en pays de connaissance, et s'en réjouit comme à la vue de compatriotes que l'on retrouve en pays étranger ; je le mène au banc de quart, à l'habitacle où l'on veille en silence ; il y voit la boussole ; j'ajourne toutes réflexions à ce sujet pour ne pas dissiper ses forces sur un objet de détail, et l'offrir dans toute sa vive ardeur au soleil levant. J'aide encore à sa jeunesse par un repas léger, et dans un colloque animé, tout en généralités, sur l'industrie de l'homme qui a su, à l'aide des astres et des vents, lier les cieux et les mondes. Nous attendons le point du jour.... Il arrive; nous nous postons sur la dunette.

Le vaisseau courait vent largue au souffle d'une brise qui, déployant ses pavillons et ses flammes, lui donnait un aspect enchanteur; cependant l'Orient s'embrase, le soleil se lève et nous enveloppe de ses feux : rien de ravissant comme ce vaisseau fendant les flots, paré de toutes les couleurs de l'arc-en-ciel; rien d'agréable comme cette brise qui les mélange, cette brise qui nous caresse.

Pour nous le faire admirer mieux, on met en panne, la chaloupe est mise à la mer, nous y descendons, le vaisseau nous salue en nous environnant de ses bordées. C'est un poisson, c'est un oiseau, c'est le souverain des mers, c'est le miracle de l'art; il s'arrête, nous retournons à bord.

L'ardeur emporte le Prince; il veut tout voir, et ne sait par où commencer; je le calme en lui citant le *ramos compesce fluentes*. Je lui apprends qu'un capitaine de vaisseau est un roi

sur son bord, que nous lui devons honneur et respect comme le moindre de l'équipage, et qu'il en
est le Jupiter..... Commençons donc par Jupiter.
Et c'est ainsi qu'après avoir rendu au capitaine,
aux officiers et à l'équipage ce qui est dû à chacun, on nous *acclame*, on nous porte aux nues....
Prince, lui dis-je, vous le voyez, œil pour œil, et
dent pour dent : c'est la loi de la nature.

Il n'est fête désormais qu'on ne nous fasse ;
nous voyons tout avec ordre et méthode ; tout
nous est expliqué avec une sage lenteur et tant
de clarté, que le Prince conçoit tout, saisit tout,
et s'en frappe à me faire croire qu'il n'oubliera
rien de ce qu'il aura vu, entendu.

Mais ce sont les manières et les mœurs du pays
qu'il nous plaît tant d'observer ; ces hommes
étendus dans leurs hamacs quand ils ne sont pas
de quart, et si actifs à la manœuvre ; les mœurs
du fond de cale, si différentes de celles des batteries et des hunes ; l'activité des gaillards et de
l'entrepont ; ces hommes voltigeant de cordage
en cordage comme les oiseaux de branche en

branche; et ces stylites, sous le nom de gabiers, ballottés jour et nuit par les roulis, les tangages et tous les vents déchaînés.

Après huit jours consacrés à l'examen de la machine, c'est à la voir manœuvrer dans toutes sortes de suppositions, à mesurer le sillage, pointer la carte, prendre hauteur, que nous appliquons le reste de notre temps.

Cependant nous recevons fêtes sur fêtes pendant le cours de notre instruction; tous les usages de la mer sont mis sous nos yeux, jusqu'au baptême sous la ligne, les distributions du jour, et tous les apprêts d'un combat..... Armer les hunes et les gaillards, dégager les batteries, assigner les postes, etc.... Nous pêchons de toutes les manières et avec toutes sortes d'engins; nous buvons, nous fumons, nous mangeons à la gamelle; le Prince fait son quart comme un aspirant; enfin, au bout de quinze jours, nous rentrons en rade.

Nous y restons deux jours à relever la côte et à voir comme on sonde à la mer, comme on y jette l'ancre, comme on s'y affourche.... Enfin notre départ se décide, nous faisons nos libéralités, et nous débordons aux cris de vive le Roi!

En entrant dans Brest, nouveau spectacle : ces deux batteries de la Rose et du Fer-à-cheval, aussi appropriées à couler bas qu'à incendier un vaisseau, fixent d'abord notre attention. Le canot s'arrête : je montre au Prince cet amphithéâtre de feux qui repousse jusqu'à l'idée de se présenter à la passe. Nous parvenons à la chaîne; il en examine la fabrique, la force des organaux, et l'art de les soutenir à fleur-d'eau par des corps flottants.

Nous pénétrons dans ce beau canal et nous le longeons jusqu'à l'anse de Kervalon au fond du port, à travers les vaisseaux, les cales, les formes et les chantiers, et ce magnifique ensemble de bâtiments de tout genre à l'usage de ce superbe établissement.

Nous ne détaillons rien, ne voulant que jouir d'un spectacle aussi curieux qu'il est imposant; mais nous y reviendrons après nous être recueillis et avoir passé en revue tout ce que nous avons vu en mer et sur le vaisseau.

Nos révérences faites aux autorités, nous sortons de Brest pour en examiner les dehors, et comment l'art des ingénieurs en a traité la position. Il nous semble avoir pénétré dans leur pensée, et que tant de dépense et tant d'art n'a eu pour but que d'empêcher un bombardement.

Fortification. C'est dans cette course que le Prince apprend ce que c'est qu'équilibrer une place de guerre de manière que tous les fronts en soient à-peu-près d'égale force, et que les moins forts soient capables d'une résistance qui, dans le cas de Brest, ôte à l'Anglais la pensée de l'assiéger régulièrement. Cet examen est long, il est pénible; mais il est si profitable et si propre à former le coup-d'œil d'un homme de guerre, que je ne le termine qu'après m'être assuré, à plusieurs reprises, que Brest lui est intimement connu.

Nous retournions au port, quand, chemin faisant, le Prince s'avise de me demander s'il verra des mines. Je lui demande à mon tour si, d'après ce qu'il a vu, il doit y en avoir, et que je l'en fais juge. Surpris de ma réponse, il dit que non. Je lui demande pourquoi non ? Il hésite, et m'avoue qu'il n'en sait rien; mais qu'à mon air il connaît qu'il n'y en a point. Comment mon air ? — Oui, votre air, votre air dit *non*; je m'y connais.... — Eh bien, *non*, il n'y en a pas, et il ne doit pas y en avoir. Mais ce qu'il ne devine pas, c'est que je n'ai engagé ce dialogue que pour lui donner l'alerte et éveiller son attention.

Ainsi éveillée, je lui apprends que l'on ne doit contreminer que dans le cas d'un piége que l'on veuille tendre à l'ennemi, bien que le contraire se soit pratiqué et se pratique encore, par ignorance ou par abus. Ne peut-on donner qu'à grands frais la même force à tous les fronts d'une place ? — On en contremine les plus faibles, si le terrain le permet; séduit par l'apparence, l'ennemi en fait l'attaque, et il ne connaît son erreur que quand il ne peut que la dé-plorer.

Je lui rappelle ce qu'il a vu, et il convient

qu'en effet la force apparente de tous les fronts qu'il a examinés, dispense des contremines.

Cependant le canot qui doit nous faire détailler le port, nous attend, nous y entrons aux cris de vive le Prince! vive le Roi! J'aurais voulu moins d'appareil, mais nous n'avons pu l'éviter. Toutefois le Prince admire l'élégance de cette conque, sa légèreté, sa vélocité, l'adresse et l'accord de ces rameurs, et l'influence du gouvernail qui les dirige; il rêve aux causes de tout ce qu'il voit; mais comme il n'a aucune notion de mécanique, il doit attendre et s'abandonner au temps qui les lui donnera. Qu'il lui suffise en attendant, de bien voir et de retenir ce qu'il aura vu, pour se le rappeler en temps et lieu, y rêver dans ses loisirs, l'analyser, le filtrer, s'en nourrir.

C'est dans cette intention que je le présente à tout ce qui fait image ou tableau, afin que son imagination et sa mémoire s'en saisissent pour le représenter à sa réflexion. Et c'est pourquoi, sans plus m'arrêter, je le mène à ces vaisseaux que l'on construit sur les cales et dans les bassins, à ces machines à mâter, à ces amas de canons et de projectiles, à ces corderies, ce quai aux ancres, ces casernes aux matelots, à l'hôpital de la marine, enfin au bagne, où je le fixe plus particulièrement, prenant soin, à chaque objet, de lui en parler suivant son importance, mais toujours de ce ton qui élève, fortifie, pique ou enflamme sa curiosité.

C'est au bagne, je le répète, à cette sentine de l'humanité que j'arrête et fixe mon élève pour quelques moments.

Il entend ce bruit de chaînes et d'anneaux qui garottent et accouplent, à dessein, le scélérat et le faible, le repentant et l'endurci; il voit river leurs fers, pendant qu'accroupis sur leurs tolars, ils se repaissent d'aliments grossiers arrosés d'huile fétide, et toujours les mêmes!

Il y compte cinq mille de ces désespérés, dont les figures atroces ou douloureuses effrayent de leurs malheurs.

Je l'y arrête, persuadé que ce qui presse le cœur et le tourmente, l'enrichit, et fonde de ces sentiments qui l'honoreront à l'occasion : *et quod pungit cor profert sensum.* D'ailleurs quelle source de réflexions!

J'excite celles du Prince par quelques mots que je lâche à dessein de provoquer l'essor de sa pensée... Ces malheureux, lui dis-je, ne sont pas tous des scélérats, et les scélérats d'entre eux ne pourraient-ils pas s'améliorer?

Je lui apprends à ce sujet, qu'aux États-Unis on l'a tenté avec succès, et qu'on n'abandonne à son sort que l'endurci, sur qui la philantropie a épuisé toutes ses adresses, toutes ses sagacités.

Les sages de ce pays, réfléchissant sur la nature du méchant, ne crurent y voir qu'une machine détraquée, susceptible de réparation. Le grand sens qui les avait conduits jusque-là, ne les abandonnant plus, ils soupçonnèrent que la dépravation dans l'homme n'était que le dernier terme d'une série de malheurs et de mauvaises habitudes, toujours croissante; mais que la série pouvait décroître et se retourner.

Frappés de cette idée, ils entreprirent d'y

puiser leurs moyens curatifs, et le firent avec tant de bonheur, que ce qui ne fut d'abord que le rêve d'hommes de bien, est devenu un procédé sûr, une vérité constatée.

Le Prince s'émerveille; il s'enchante de la possibilité de ramener au bien tous ces endurcis; une sainte joie le saisit, son cœur se dilate, et déborde en effusions dont je le bénis.

Je vois qu'il a percé jusqu'à la profondeur de la pensée de ces sages, jusqu'à cette chaleur de raison qu'il admire et dont il n'avait nulle idée, et que son cœur a fécondé son esprit.

Nous quittons Brest, et comme l'abeille revient des champs, chargée de l'esprit des fleurs, nous revenons pleins d'idées et d'images qu'il faut caser, coordonner, pour en composer, s'il est possible, un vrai savoir, qui est de bien sentir que nous ne savons rien.

Dans ce dessein nous revenons à pied, suivis de notre voiture, revoyant à loisir ce que nous n'avons vu qu'en courant, causant gaîment de tout ce que nous voyons, et c'est ainsi faisant que nous rentrons au gîte, où nous sommes reçus comme nous y sommes aimés.

Ainsi qu'un voyageur s'arrête pour contempler sa route, je fais une pause pour observer mon élève avec un soin plus particulier.

Je le trouve plus prompt de corps et d'esprit qu'avant son départ pour Brest; abrégeant le discours comme quelqu'un occupé de faits, et plus à lui qu'aux autres; mais s'il rêve souvent à l'écart, c'est pour de courts moments; il en revient toujours plus gai et plus content; d'où j'infère qu'il se nourrit de ce qu'il a vu, et se l'approprie en y pensant. Je feins de ne rien voir; mais il me connaît trop pour ne pas sentir que je l'approuve.

Cependant ses compagnons le pressent de leur faire le récit de son voyage; il demande de s'y préparer; et un jour qu'ils l'en prient, il cède avec grâce, et commence par ce vaisseau pavoisé de fête, évoluant sous voiles, et régnant sur les eaux; rien n'est oublié, ni flammes ondoyantes, ni pavillons déployés; c'est un peintre; mais ce qui me plaît au-dessus de son talent de peindre, c'est qu'il ne raconte que ce qu'il a vu de beau, d'ingénieux et d'utile; que le ridi-cule et le bas semblent lui avoir échappé; ou que s'il les supprime, c'est qu'il consent d'in-téresser, et non pas de faire rire... Ceci est im-portant.

Et moi aussi je veux le récit de son voyage, mais je le veux par écrit, et sous la forme d'un mémorial substantiel et concis, où plus de choses que de mots, et certain sel, engagent à lire et invitent à penser.

De l'art d'écrire.

Ce certain sel le décourage, mais je ne me re-lâche pas. Il y travaille, je l'aide, et nous parve-nons à faire quelque chose de piquant pour le tour, et de réfléchi pour le fond.

Ah! que de choses dans l'art d'écrire! s'écrie le Prince sortant de crise, et que Boileau avait raison! Si de la prose naturelle et sensée requiert tant d'art et de goût, que difficilement doit-on faire des vers faciles! Je n'en ferai point, ajoute-t-il, en riant.

Je ne suis pas fâché qu'il ait senti les épines d'un art dont la rose est pour le lecteur, afin de l'engager à mieux lire, et à n'ouvrir un La Fontaine, un Racine, qu'aux moments de verve et d'inspiration, et avec le respect qui leur est dû.

Mais l'action des rames et du gouvernail sur le canot, celles de la mer et du vent sur le vaisseau, piquent et tourmentent sa curiosité; long-temps il se creuse l'esprit, et de guerre-lasse, il m'avoue qu'il ne peut deviner. Quoi deviner? lui dis-je. Prendriez - vous, comme le peuple, la science pour une magie, et les savants pour des sorciers? Est-ce que dans les sciences l'on devine? On cherche et l'on trouve.

Mais c'est chercher qu'il faut savoir.

Rappelez-vous la fable de Protée, voici le moment de vous l'expliquer.

Protée n'est qu'un emblême; la nature est le vrai Protée, qui dirait tout à qui saurait l'interroger. Ces formes qu'affecte Protée pour échapper à qui le presse, sont le symbole des difficultés dont la nature se hérisse pour échapper à notre curiosité; toutefois, comme Aristée dirigé par Cyrène, dirigé par son génie, Galilée lui surprit les lois du mouvement, et à-la-fois l'art de l'interroger.

C'est, surtout, cet art d'interroger la nature que je me propose de mettre sous les yeux de mon élève, dans des cours de physique expérimentale, où il puisera des notions moins savantes, mais sensibles et certaines, et plus appropriées à sa condition de Roi, que ces formules à l'usage de l'esprit pur.

C'est ainsi que je l'initie aux principes de la mécanique et de l'hydraulique, et aux arts qui en dépendent; et que par des cours de physique et de chimie, dirigés par d'habiles maîtres, je l'élève à la hauteur de son siècle, et l'y soutiens par cette ardeur de connaître, que je lui ai inoculée dès ses plus jeunes ans, et que, depuis, je ne cesse de fomenter.

Il est néanmoins une théorie si haute et si belle, qu'elle commande qu'on l'isole pour lui rendre un culte tout particulier. Les entendus comprennent que c'est de la théorie du calcul différentiel et intégral que je veux parler ; je serais un barbare, et j'encourrais un jour les reproches de mon élève, si je ne lui en donnais pas une connaissance approfondie.

Mais loin d'imiter la légèreté de ces livres qui ne donnent que le mécanisme de ces calculs, c'est à lui en montrer la beauté d'invention, le but et le pouvoir, pour le cas réel, où tout est variable dans la nature, et varie suivant des lois soumises elles-mêmes à la loi de continuité, que je consacrerai de longues heures, et que je lui arracherai, comme dit Montaigne, l'arrière-faix de la tête.

Un jour que je le trouve attristé de la lecture de Suétone, je lui dis : laissez-là vos frelons, allons voir les abeilles ; mais quel est son étonnement de monter à cheval, croyant aller a son rucher. Il me presse de m'expliquer.... Quoi ! vous ne devinez pas ? Quoi ! cette clamyde qui vous couvre aux jours de fête, ne vous a pas dit

qui l'a tissue, qui vous défend, qui vous nourrit ?
— Elle me l'a dit; mais j'étais si loin des abeilles quand vous êtes entré !

C'est ainsi ou à-peu-près que nous ouvrons le cours des arts.

Nous débutons par la pompe à feu qui est sur notre passage; je lui explique, avant tout, ce que c'est que la *force*, et ce qu'ont fait les hommes pour s'en procurer; comment, après avoir long-temps combattu la nature de corps à corps, ils ont fini par l'asservir et la forcer d'entrer dans leurs rangs comme compagnon de leurs travaux; comment, enfin, par laps de temps et les assauts du génie, ils ont obtenu de l'eau, l'air et le feu, la force dont ils avaient besoin, et par les machines, l'art de la diriger.

De la pompe à feu nous passons au bélier hydraulique dont le jeu nous plaît, et l'admirable simplicité nous enchante, et nous fait regretter que son modeste auteur n'ait pu, *vivant*, triompher des *Zoiles*..... C'est ainsi que, préparés par nos cours scientifiques, nous parcourons avec fruit

les ateliers les plus célèbres, et qu'en philo-
sophant sur les arts nous nous élevons à la hauteur de l'homme d'état.

De l'art de se connaître. Ire. ébauche. Mais c'est assez de théories scientifiques pour
écarter les chartalans et le guider dans ses entre-
prises; et comme c'est dans le monde moral qu'il
doit vivre, que c'est au foyer des passions les plus
brûlantes et les mieux dissimulées qu'il doit régner, vaincre et prospérer; c'est à l'armer de
toutes pièces, le prémunir, l'affermir, pour qu'il
y vive avec empire, que je vais m'appliquer tout
entier.

Apprenons-lui d'abord à se connaître, à s'a-
nalyser, se décomposer, pour parvenir à se juger
en toutes positions sans se faire ni tort ni grâce.

Qu'il sache qu'il faut régner sur soi pour régner sur les autres; que dominer n'est pas régner;
que c'est par la loi que l'on règne, et par une vo-
lonté dépravée que l'on domine; qu'il devienne,
s'il se peut, ce *Zadig* qui, tout en faisant route,
observe tout, se frappe de tout, retient tout.

Crise. Malheureusement il est à cette époque où un

nouveau sens se déclare, le trouble et l'asservit ; déjà il n'apprécie la vie que par la volupté ; il en a tout le travers : *Circum claustra fremunt.*

Je cherche en vain à lui donner le change, en ranimant son amour-propre ou piquant sa curiosité ; en vain j'embellis mes leçons et fais parler la gloire ; il se prête, et ne sait plus se donner ; ses yeux se chargent, ils se troublent ; il est aveugle, il est sourd.

C'est dans cet état que, loin de l'abuser, je le révèle à lui-même ; que pour le sauver de lui, je fixe, en l'éclairant, l'indécision de ses sens, et que n'osant m'en fier à moi, ni me compromettre à lui parler d'amour et de volupté, j'appelle Lucrèce à mon secours, et que, l'invocation de Vénus à la main, je lui donne, en rougissant, les conseils de la sagesse.

Heureux que le poison ne se soit pas glissé dans son cœur, qu'il n'erre encore que dans ses veines, et qu'il ne se complaise qu'à des fantômes indécis ; je n'aurais de ressource qu'à le jeter à la mer, comme Mentor y jeta Télémaque, ne sachant plus qu'en faire.

Il le régénéra par la violence, comme je le ferais par des voyages ou par la guerre, priant l'absence ou la gloire de le sauver de l'amour.

Toutefois la crise où il est, est ce *rapide* dans la course de la vie qu'on ne peut éluder ni franchir, et dont, le plus souvent, on n'échappe qu'en s'y abandonnant avec art.

Histoire. Le prince s'est assez occupé de l'histoire pour commencer à en faire un résumé. Il en connaît les faits, il en sait les dates et leur assigner un lieu.

C'est maintenant à la mettre en tableaux qu'il convient de l'appliquer, pour lui en créer autant qu'il se pourra une expérience anticipée ; de manière qu'à son entrée dans le monde, loin de s'y croire égaré, il ne voye, à leurs mœurs, toujours les mêmes, que les hommes de l'histoire, mais seulement travestis.

C'est à soigner ces tableaux, à les réduire en essence nutritive, si je puis m'exprimer ainsi, qu'il doit appliquer ce qu'il a de persévérance et d'ardeur, pour que le prix de sa peine s'unissant au mérite du fonds, il s'en fasse un tout qui lui soit cher, et à-la-fois l'image du profit qu'il en aura tiré.

Ce profit, néanmoins, n'est qu'un fruit naissant, mais bien précieux pour celui qui le fit naître et pour ceux qui doivent en goûter la douceur.

Poursuivant donc nos résumés sur l'histoire, qu'il n'est plus permis de bégayer; convaincus d'ailleurs que de nos leçons c'est la plus importante, rédigeons en trois tableaux ce qu'elle nous offre de plus substantiel en morale, en politique et en philosophie ; nous gardant bien de les présenter à ceux qui feignent d'ignorer que l'ordre est le but des lois ; que la loi politique doit stipuler pour le bonheur de tous, comme la loi civile pour la paix des individus , et concourir les unes et les autres à l'exécution de cette loi naturelle et universelle, qui veut que l'intérêt public prévale sur l'intérêt particulier.

Qu'on ne s'étonne point cependant si, revenant sur nos pas, et ne regardant ces tableaux que comme le texte des leçons nécessaires à leur pleine intelligence, nous allons reprendre l'étude de l'histoire par l'étude de l'homme, et celle de l'homme par l'étude de l'individu.

L'histoire est comme ce lieu sombre où l'on ne pénètre point à l'étourdie, et où l'on ne voit qu'en apprenant à y voir.

Ce n'est qu'après les avoir senties s'agiter dans son propre cœur, ce n'est qu'en pleine virilité, après les avoir vues agir ces passions qui tourmentent et bouleversent le monde, que l'on peut en apprécier les puissances et les résistances pour les amener au repos, ou par la force, ou par l'art de les gouverner.

Mon art à moi est d'inspirer à mon élève une telle ardeur de se connaître, et tant de bonne foi dans cette ardeur, qu'il puisse opérer sur lui comme s'il opérait sur un autre, et se sentir sonder au vif, sans sourciller.

Cette bonne foi est le rameau d'or dont il écartera les illusions de l'amour-propre. C'est à ce signe aussi que je me rends et que nous prenons jour pour notre premier entretien.

Dans ce dessein, je dispose une chasse; et c'est au lieu le plus sombre et le plus écarté de la forêt, qu'après l'avoir pressé sur mon cœur, je débute par lui rappeler cette fameuse inscription du temple de Delphes: *Apprends à te connaître*, qui n'appartient qu'à beaucoup d'esprit de bien comprendre, à la vertu de réaliser. Que ferait le vice au miroir de la vérité? Mais loin de le craindre, la vertu le recherche et s'y complaît, comme la beauté à la glace qui la reproduit.

Mais pour ne pas faire un roman de cet écrit, qu'il nous suffise de déclarer qu'après plusieurs séances et la plus scrupuleuse analyse, nous prêtant secours l'un à l'autre, lui par sa candeur, moi par ma sagacité, nous parvenons à arrêter un portrait de mon jeune élève, qui, s'il parvient à se fixer dans ses principaux traits, pourra le faire un jour admirer et bénir.

Toutefois, lui dis-je, vous ne serez un grand Roi qu'en rompant le charme qui vous asservit, qu'en étouffant cette vanité qui vous dégrade, qu'en fixant cette légèreté qui vous perd, doublant d'ardeur pour ce qui est grand et utile, donnant, pardonnant, vous élançant vers la gloire, vous roidissant pour la vertu, et vous gardant de laisser dégénérer en vices, ces défauts qui ne font encore que vous déparer.

C'est à l'embellir toute la vie ce portrait, pour conquérir votre propre estime que vous devez vous appliquer; vérifiez-le sans cesse, dans ses traits les plus délicats; c'est par-là que vous acquerrez ce tact fin, ce sentiment des nuances, et que rien ne vous échappant de vous, ne vous échappera dans les autres.

Tout en parlant, écoutez-vous parler moins en vue d'épurer votre langage, que pour observer si vous dites ce que vous avez voulu dire; éprouvez sur vous-même comme la passion se voile, comme l'amour-propre se déguise, et comme ils se trahissent.

Etude de l'homme. Cependant je rapproche du Prince des hommes de tout état, pour qu'il apprenne à les différencier par leurs manières, leur langage et les préjugés de leurs professions; je l'engage à les accueillir, à marquer aux uns une estime qui les rassure, aux autres une affection qui les attache; je lui ramène souvent les mêmes convives, pour qu'il puisse remarquer en eux cette mobilité du cœur et de l'esprit qui, dans le même jour, et du même homme, en fait un être si divers.

Je le préviens des personnes qu'il verra dans le jour, je lui en ébauche les portraits, l'invitant à les vérifier par des questions qui fl ttent et engagent, mettent l'homme à l'aise et le naturel à nu, toutefois avec mesure et grâce, lui faisant sentir que s'il est d'âge à pouvoir questionner sans offenser, il est de l'art de vivre et de sa dignité de n'insister qu'avec réserve.

Parle pour que je te voye, disait un Ancien : faites parler l'homme que vous voulez connaître; exercez-vous à l'écouter, pour écouter un jour en homme exercé.

Faites agir celui qui se voile et se met à l'écart, et jugez-le à l'œuvre, c'est ici le puits sans fond, mais c'en est assez pour apprendre à lire dans l'homme intérieur; et quand vous l'aurez appris,

loin de vous effrayer de tant de *sépulcres blan-
chis*, applaudissez-vous de pouvoir les reconnaître et de savoir y échapper.

Mais quand de fortune, ou par industrie, vous
aurez trouvé un homme d'un cœur droit et d'un
esprit élevé, cachez votre joie, dissimulez votre
amour, ne le gâtez pas, de grâce! C'est le néant de
l'homme que sa fragilité... Ah! plus de sept fois,
en dépit du sage, l'homme chancelle en un jour.

Ne vous étonnez donc plus que l'histoire ne
soit que le récit lamentable des malheurs de l'humanité. Relisez - la et retirez - en ce fruit de
faire respirer les peuples qui vous seront confiés.
C'est le tout d'un Roi, si c'est le tout de l'homme
d'obtenir *paix et peu* (1).

Mais admirez cet homme sublime (2) qui re-
mit dans sa route l'univers égaré.

Aux regrets de s'être trop long-temps égaré lui-
même à la poursuite de vérités étrangères au bon-

---

(1) Charon.
(2) Zénon.

heur des hommes, et ramené du ciel sur la terre, il entreprit le bonheur des peuples et des Rois.

C'est de cette élévation que plongeant aux profondeurs de son être, il reconnut que l'homme n'a de force et de grandeur que par les privations qu'il s'impose, et par les maux qu'il sait souffrir. Il soumit donc le corps à l'ame, et décida pour l'homme, cette vie haute et fière, et ces jouissances d'esprit et de sentiment, bien autrement pénétrantes et durables que celles de sa double nature, toujours en lutte avec elle-même, et toujours succombant sous l'attrait de la volupté.

Tout ce qu'il y eut d'hommes généreux et avides de consolations, embrassa de cœur et d'ame une doctrine qui se vérifiait à l'épreuve.

Des missionnaires se répandirent, des chaires s'élevèrent de toutes parts, et c'est ainsi que l'on vit se former cette secte héroïque qui, rallumant le flambeau des vertus sur la terre, enfanta ce siècle de félicité qui fit couler ces douces larmes qui coulent encore à son seul souvenir.

Que n'augurerai-je donc pas à voir les vôtres

inonder votre écrit, dans cet extrait que vous en fîtes après dix-sept siècles révolus.

Quel saint frémissement vint me saisir à vous entendre répéter, dans la solitude, les transports de la terre heureuse à la présence de Marc-Aurèle et de Trajan.

« Heureux Empereurs! heureux Citoyens! s'écriaient les *foules* enivrées..... Vous répétiez ces cris de bonheur d'un accent dont je fus pénétré. »

Si c'était lui, me disais-je, dans un égarement de tendresse ; si c'était lui qui doit le faire renaître, ce siècle fortuné? si c'était lui qu'attend la France pour le recommencer, cette France toujours ivre de son Henri, de ce Henri dont le bronze repose suspendu sur votre cœur......?

Si c'était vous...? Aimez, vous dirais-je, et vous serez aimé.

Voyez Trajan : les temps l'annoncent comme un sauveur, bientôt l'amour en fait un Dieu.

Conclusion. Tel, un jour, s'offrit à mes heureux regards le sauveur de notre âge, le Prince auguste et vénérable qui nous gouverne avec tant de sagesse et tant d'ame, traversant d'un air affectueux la foule qui remplissait son palais, s'attendrissant à la vue de son peuple, et lui demandant son cœur par toutes les caresses du sien. . . . .

. . . . . Les cœurs volaient. . . . .

. . . . . . Aimez et vous serez aimé.

L'amour régit le monde, l'amour le conserve : régnez donc par l'amour. Vous vivrez dans les délices de l'ame; comme à Trajan, comme à Henri, vos faiblesses vous seront remises; et, de retour aux cieux, la terre vous encense et vous immortalise.

J'ai pris l'enfant royal par la main, j'ai dirigé ses premiers pas dans la carrière de la vie, je lui ai révélé le secret de la sienne en lui montrant à placer la volupté dans la gloire, et le bonheur dans la vertu. Que lui apprendrais-je de plus....? Je me retire...... De plus hautes leçons lui diront le secret du trône, le secret de les accorder......, la gloire et la vertu.

Courtry, le 25 mars 1818.

RÉFLEXIONS.

Tel serait, si je ne me trompe, l'effet de cette éducation, qu'elle consumerait par sa flamme les langueurs de l'ame la plus engourdie, raffermirait la plus faible, et triompherait de la plus vaine.

Si l'art a pu animer le bronze jusqu'à le faire adorer..... Qui douterait que, par un procédé plein de feu, on ne parvînt (ainsi que la passion y parvient pour l'homme fait) à s'emparer d'un enfant, de manière à lui infuser une ame, comme sa nourrice lui infusa son lait ?

Qu'on ne s'y trompe pas, le feu de l'ame analyse et compose comme le feu qui brûle ; c'est aux clartés d'une ame aimante, intelligente et vive, que vous pénétrerez dans le labyrinthe de l'organisation de votre élève ; que vous observerez dans leur jeu, la faiblesse ou la force de ces organes que l'on nomme *Centres*, pour en conclure l'action la plus conforme au vœu de sa nature individuelle.

Que n'ont point bouleversé les passions ! Mais que n'ont point édifié le goût du bien et cette onction d'une ame pénétrée, qui lui donne un ascendant divin !

Variez les procédés, les accents, préparez les moments, faites-les éclore.... Assouplissez-vous, roidissez-vous, sans déroger ni descendre, et croyez qu'en éducation, c'est le plus souvent l'art que la nature, le gouverneur que l'élève, qui se montrent en défaut.

FIN.